獻給賜予我生命的

史帝芬

獻給我的媽媽

給芳婷，我的女兒，我美妙的奇蹟

獻給你燦爛且深情的許多面

每一面都照亮了我的生命

獻給你雙手的輕柔

獻給你靈魂的溫柔

獻給你的存在之美

以我完全的愛

艾曼紐

有時母親，有時自己

Ma mère

我的母親，

有顆

擺盪於日與夜的心。

閃耀光芒如一輪明月，
陰鬱深沉如烏鴉的翅膀。

一點點小事
就能引發她狂野的大笑，

和暴風雨般的悲傷。

我母親的愛，

如鮮花一般細緻敏感，

她是一整座花園。

園裡有野草、歐石楠、紫丁香或矢車菊。

我們在那裡冒險時，

躲藏其中，割傷自己，活該被刺。

很早以前，跟著我父親，我們便已學會了

當一名稱職的園丁。

我的母親，
在她心裡
有一隻雌狐狸，
蜷藏在洞穴裡，
整整一個冬季。

而我，
在牠的腳爪間，
感到非常暖和。

千年都能捱過。

我 的 母 親，
在 她 心 裡
有 一 匹 母 狼
盤 踞。

有時，母狼讓她萌生念頭，
去一座座黑暗的森林裡，
唱歌跳舞。

我等待著，且無法阻止自己
發抖打顫，一邊想著，
她可能永遠不會回來。

我不怕黑暗，

但我怕日光，

因為她可能會認不出回來的路。

不要害怕，我的母親跟我説。

你出生的時候，
我就已在我的心上刺下
鳥的鳴唱。

你發出的第一聲哭喊，
粉紅的星芒，
你討人愛的臉龐。

朝向你的道路，
我永遠都不會忘。

有時母親，有時自己   Ma mére

作者｜ 史帝芬・塞凡 Stéphane Servant
繪者｜ 艾曼紐・伍達赫 Emmanuelle Houdart
譯者｜ 周伶芝

社長｜馮季眉 責任編輯｜吳令葳 編輯｜戴鈺娟、陳心方、巫佳蓮 美術設計｜朱疋
出版｜ 字畝文化創意有限公司
發行｜ 遠足文化事業股份有限公司
    地址：231 新北市新店區民權路 108-2 號 9 樓｜電話：(02)2218-1417
    傳真：(02)8667-1065｜電子信箱：service@bookrep.com.tw
    網址：www.bookrep.com.tw
    郵撥帳號：19504465 遠足文化事業股份有限公司｜客服專線：0800-221-029

讀書共和國出版集團

社長｜郭重興 發行人兼出版總監｜曾大福 業務平臺總經理｜李雪麗 業務平臺副總經理｜李復民
實體通路協理｜林詩富 網路暨海外通路協理｜張鑫峰 特販通路協理｜陳綺瑩 印務協理｜江域平 印務主任｜李孟儒
法律顧問｜華洋法律事務所 蘇文生律師
印製｜通南彩色印刷股份有限公司

2017 年 05 月 04 日 初版一刷 定價：450 元 書號：XBTH0011
2022 年 03 月 初版八刷

特別聲明：有關本書中的言論內容，不代表本公司／出版集團的立場及意見，
由作者自行承擔文責。

ISBN 978-986-94202-6-6
Ma Mère© Editions Thierry Magnier, France, 2015
Complex Chinese translation rights arranged through The Grayhawk Agency.

作者簡介｜史帝芬・塞凡 Stéphane Servant

塞凡完成英文文學的學位後，先是投入藝術教育，之後他陸續和不同領域的藝術
工作者合作，例如：馬戲藝術、繪畫、報章雜誌插圖等。現在，他將心力完全放
在青少年文學和小說的寫作上面。

繪者簡介｜艾曼紐・伍達赫 Emmanuelle Houdart

伍達赫在巴黎生活、工作，身為作家和插畫家，她的插圖能夠將了無生氣的世界轉
變為生氣勃勃，並擅長融合動物與人類的變種，成為神奇的美麗怪物。一九九六
年至今，伍達赫已出版了二十多本書，主要是為孩子創作的繪本。她也為成人及
青少年雜誌作畫，並在學校主持工作坊。她的作品常在世界各地巡迴展出。

譯者簡介｜周伶芝

中法翻譯、文字工作者、劇場編創策展、戲劇顧問、劇場美學與創作相關講座講師。